KB149349

수식은 잊어요

황금알 시인선 210
수식은 잊어요

초판발행일 | 2020년 5월 30일

지은이 | 이우디
펴낸곳 | 도서출판 황금알
펴낸이 | 金永馥
선정위원 | 김영승 · 마종기 · 유안진 · 이수익
주간 | 김영탁
편집실장 | 조경숙
표지디자인 | 칼라박스
주소 | 03088 서울시 종로구 이화장2길 29-3, 104호(동숭동)
전화 | 02)2275-9171
팩스 | 02)2275-9172
이메일 | tibet21@hanmail.net
홈페이지 | http://goldegg21.com
출판등록 | 2003년 03월 26일(제300-2003-230호)

ⓒ2020 이우디 & Gold Egg Publishing Company Printed in Korea
값은 뒤표지에 있습니다.
ISBN 979-11-89205-64-5-03810

*이 책 내용의 전부 또는 일부를 재사용하려면 반드시 저작권자와 황금알
양측의 서면 동의를 받아야 합니다.
*잘못된 책은 바꾸어 드립니다.
*저자와 협의하여 인지를 붙이지 않습니다.
*이 책은 제주특별자치도, 제주문화예술재단의 2020년도 문화예술지원사
업의 후원을 받아 발간되었습니다.
*이 도서의 국립중앙도서관 출판예정도서목록(CIP)은 서지정보유통지원
시스템 홈페이지(http://seoji.nl.go.kr)와 국가자료종합목록 구축시스템
(http://kolis-net.nl.go.kr)에서 이용하실 수 있습니다. (CIP제어번호 :
CIP2020019443)

수식은 잊어요

이우디 시집

황금알

나를 발탁한 당신의 강력한 블랙홀에서 쓴다

차마

버리지 못한

나를 쓰는

나는

또

나를 착각하며…⋯

늦봄

이우디

차 례

2부

3부

1부

숨

사바나의 태양을 끓여요

뜨거운 김이 벽을 타고 오르다 트멍 없음에 탄식하는
소리
묵음으로 들어요

하늘에 들지 못한 한 방울의, 한 방울의 투명

헐렁해진 눈으로 바라보는 것은 불안하던, 불안한, 불
안할,

이 기막힌
단문,
이해할 수 없어요

아지랑이로나 가물거리는 저것

날개는 혁명을 꿈꾼다

1
세월에 물렸을 때 이빨 독은 성난 파랑이다

2
미처 빨아내지 못한 독은 자라
이브는 숲으로 가고
다시는 돌아오지 못하고
하얀 꽃잎은 밤의 멍든 잎이었다가
벨로캉왕국의 '메르쿠니우스 임무'를 맡은 103683호처럼*
꽃과 잎 사이 메신저가 되었던가
개미도 기계도 아닌 모호
살아남은 손가락의 감정은 장애에 가깝다

3
지하에 갇힌 허공에서 추락한 세계는
암반수가 흐른다
말라붙은 피딱지 너머

진화일까 퇴화일까

초록이 가슴으로 낳은 초록에 가까운 연두는 불구
불구의 원인은 초록
초록은 망설임 없이 초록을 지운다는데

추운 겨울을 나는 동안, 정신은
청옥처럼 푸르고 투명하고 단단하고
아름다워진다는데

4
문명은 아낌없이 주는 나무가 아니다

무화과 쏟아지고 수두룩한 이브
종종색색 옷을 껴입으면
혁명의 무렵 사람들은
'상대적이며 절대적인 지식의 백과사전'*을 읽는다

진보는 싹이 나고 꽃이 피고 열매는 탄생할까

신화처럼…

5.
날개는 혁명을 꿈꾼다

* 베르나르 베르베르의 '개미' 참고.

열빙어

　그늘을 감각하는 구름이 있다 잊히지 않는 것은 구름
안쪽이 두껍다는 말,
　언니에게 전화를 건다
　먼 별에서 보내오는 신호만
　뚜뚜뚜
　감자 꽃 떨어지는 소리를 낸다

　감자보다 감자 꽃을 더 좋아한다며 감자처럼 웃던
　옻갓 마을 떠나지 못한
　언니,
　전화를 걸기 전엔 몰랐다

　그녀가 구름의 주민이었다는 것을, 골수암이 깊어져
하늘 너머로 주소를 옮겼다는 것을, 이승도 저승이요 저
승도 이승이었다는 것을, 먼 듯 가까운 별과 별 사이 구
름의 주소록 펼쳐 밤마다, 기착지 없는 비행기를 탄다

　내릴 곳은 없고 빈 하늘만
　빙빙빙 돈다

몰려오는 구름 속
열빙어 떼가 지나간다

우기雨期를 몰고 오는 그늘 아래
시나브로
감자 꽃 진다

슬픔의 장례 의식에 대하여*

비밀은 구석을 좋아한다

햇살이 오늘을 굴릴 무렵
이슬 달고 온 슬픔이 슬픔에게 인사한다

잠자는 땅* 그 너머 온, 하얀 슬픔
안개 덥석거리는 불곰의 서식지에는 혀가 없어
불을 삼킨 눈동자로 온다
자작나무의 흰 몸피 뜯어 먹으며
기적 소리 밟는다, 갔다

툰드라 눈보라가 콘트라베이스를 켠다 한 권의 매혹
안쪽으로 몇 개의 별을 건너듯 갔다 당신, 을 본 적 있었
다 이야기에 눈을 묻으면 시베리아 횡단 열차는 나를 모
르고 나는 박달나무처럼 선 채 숨찬 기적의 끝을 뿌리에
숨겨둔다

은여우처럼 낑낑거리다 시베리아산 늑대 주둥이에 붙
은 한 잎의 주홍글씨와 몸 바꾸었을까 한 번쯤 혁명의

뒤꿈치 물거나 체 게바라가 되어 바람을 숭덩숭덩 베거
나 숱한 정적과 조우하지 않았을까
　　— 시를 쓴답시고

　낙엽송이 자작나무에 자작나무가 사시나무에 바람은
다른 바람에
　밤마다 어는 붉은 달에 집착하며 젖은 문장을 말렸을
까, 감각

'매혹과 슬픔'*에 하얀 나비 한 마리 앉는다

　조연은 주연의 역할에 무난하지 않지만
　시베리아를 읽는다

　　— 모국을 줍는 것이다 모음을 움켜쥐는 것이다

* 시베리아는 타타르어로 '시비르'로 잠자는 땅이란 뜻.(최돈선, 『매혹과 슬
　픔』에서).

음이월

수식은 잊어요
날개는 반성 없이 퇴화하고 발로 뛰는 새는 신버전
나는 요리사죠
슬픔의 미각에 길들여진 혀 짧은 새
냄새에 취해 길어지는 코도 잊어요
풀들이 햇빛 쪽으로 키가 크는 것처럼
그건 원칙이니까요
한계 너무 분명한 젊음 따위 버렸다고 믿지만
쿡쿡, 그럴 리가요
세상에, 갈수록 신파도 그런 신파 본 적 없지만
모든 게 너무 늦은 거 알지만
하지만 뭐, 어때요
사랑이 있는 쪽으로 코가 마구 자란대도
그게 뭐 어때서요
나는 아직 누구나를 사랑해요
제발, 이란 파도는 이미 서쪽으로 간지 몇몇 해
새벽처럼 영롱한 모모
떠날까요? 그래요 떠날래요
까짓, 놓지 못할 건 없어요

손아귀 아귀아귀 붉더니 칫, 그믐 달빛에 홀려서는
손바닥 골목 어귀 가로등 별빛 복사하는
혀는 짧고 코는 긴 음이월
밖을 향한 손가락은 외로워요

딴청하는 입술에 꽃이 피었다

찢어진 천 쪼가리를 이어 박으면 불안하지만 행복한 푸른 깃발이 된다. 혼자서는 무엇이 될 수 없는 낱낱의 두려움이 모이면 저항이 될 수 있다. 눅눅한 가슴을 눈물 바람에 말리면 비린 듯 다소 불쾌한 얼룩무늬로 태어나기도 한다

몇 날 며칠 낮게 엎드린 무두장이, 상처는 상처끼리 위로가 되는 좋은 수라도 탄생하면 누군가의 날개가 되고 신발이 되고 서류 가방이 되고 나머지 재봉틀 아래 수북한 실밥들은 숨을 멈춘다

질경이 민들레 씀바귀들의 비상사태는 언제나 끝날 리 없는 여기,

국가보안법은 누구를 위한 법인가,
그리고 먼 날의 여기, 기억은 1972년을 소환하며 싱싱해진다

억년이 가면 분노는 완성될까?

모두가 잠든 밤, 달이 차도르chador를 쓰고 출근하는 곳, 별들은 저마다의 자리에서 번을 서는 곳, 거기 어디라도 새벽은 온다

규율의 열매는 달다*는 구조적으로 불행한 공식은 누가 만드나,
짙은 어둠이 분노를 점령이라도 할라치면 기억은, 꿈에라도 태연한 척해야 하나.

좋은 기억, 나쁜 기억이 수평을 이루면 행복할까?

* 적절한 균형(인도 출신 작가 로힌턴 미스트리)에서.

23

우리가 이러는 게 아니었는데*

1
베네수엘라 고원에 가면 백악기가 안개를 걷으며 온다
핏물 든 이빨로 껄껄대는 티라노사우루스의 아침은 그
런대로 태평하다

강한 목 근육에 붉은 꽃을 피우는 정오와
커다란 눈에서 불을 뿜는 저녁과
사냥하듯 사랑하는 사람의 자정은
어제의 일

나를 발탁한 당신의 강력한 블랙홀에서 쓴다
때때로 질투를 유발한다 서툰 짓이다 거대한 머리 감
당할 수 없다면
아름다운 피부와 **뼈**는 아름다운 상흔을 남길 것이다

이슬과 이슬이 만나 이슬이 되는 것처럼
집착과 집착이 만나 집착이 되는 거라면
세상의 모든 독점은 해독제 없는 독약

사랑은 착각한다

서툰 나는, 수작秀作이 될 수 없는 수작酬酌을 쓰는 것이다

2

베네수엘라에 가면 천사의 날개 훔칠까?

수천 년 비바람에 조각된 산 기둥처럼

바람에 실려 내륙으로 가는 수증기처럼

어쩌다 습한 벽 치오른 구름의 계곡에 비 오면

열대성 폭우 쏟아지면

우리, 사랑을 낳고 사람을 낳고

낳고 낳고 낳고…

가끔 엔젤 폭포에서 다이빙하듯

아슬아슬 눈부신 낙화

흰동백 닮은

바닥에 붙어 안간힘이 최선인 나와,

바닥에 닿기 전 안개가 된 당신은

먼 사랑의 상류로 날아가기도 하는 것처럼

거기 머물지 않는 것처럼

급기야 이빨이 자라는 당신
사랑은 육식성이다

3
내 방식은 이렇다
거미처럼 사마귀처럼 죽음 근처에 간다

직성을 푼다
그리고,
시작하는 당신을 본다

* '엘리자베스 게이지'의 소설 『스타킹 훔쳐보기』 시리즈에서 발췌.

유성우를 리셋reset하다

말없이 떠난 사람이다
썩은 가슴에서 빠져나간 물방울이다
꽃들 만발할 때 심장의 서쪽, 나비 무늬 창살에
문고리만 남기고 간 손바닥이다

가슴 꾹 눌러놓은 슬픔이 닷새 지나면
간기肝氣의 얼굴 되듯
오이장아찌 항아리에 눌러놓은 지지름돌 같은 그, 돌을
지나가던 누군가 걷어찬다
우린 모르는 사이가 되기도 했던가
우리가 모르는 사이 멀리 가기도 했던가

지금은 무관심을 가장해도 좋은 때
닭도 울지 않는
첫 새벽, 최저가로 우는 내가 있다

내 안의 불법체류하는 주홍 글자처럼
너도, 네가 끌고 온 생의 한 조각
끝장내는 중이니?

꽃잎에 포진

사막에 피는 꽃은 의도하지 않아도 핀다 모래바람 와
글거려도 낙타 발굽에 꽃, 등 울컥 터져도 어제 핀 얼굴
로 오늘도 핀다 혀 밑에도 피고 아기집에도 피고 눈 속
에도 피고 해와 달의 기온 차 클수록 붉게 더 붉게 핀다

잊어야 할 기억을 앓는 걸까
잊지 못할 기억을 놓치기 싫은 걸까

한발 두발 짚어가는 기억의 인증샷처럼
붉은 띠 남기는 꽃, 그 꽃송이 일렬로 피어날 때
나는 살아있는 사람

누가 알겠어,

오후 세 시 불쑥 찾아오는 손님처럼
습기 한 방울 남기지 않는 기억, 저절로 찾아오는 고
통의 순간을

어떤 기억은 꽃처럼 피어나다 감염된 병균에 시들고

만다는데, 킬khil이 난반사한 소리에 전갈이 오고 체꽃
같은 구름이 오고 폭풍이 오기도 한다는데, 비는 오지
않아 가려운 시간

　노을은 태양의 시간 캐내지 못한다, 다만 견딜 뿐

　어깃장 난 물집을 살러 온 화농 와랑와랑 번지는 나의
사막에 누가
　잠깐의 키스를 날려다오

어둠 속에 벨이 울릴 때*

영원 아니라면 순간의 씨는 심지 말아요
하룻밤 풋사랑은 연두까지,
초록이 심금을 울리면 이 노래는 애처로운 과녁이 돼요

누구누구, 다 알아요?

스릴 좋아하다 공포를 동반한 벼락을 맞기도 해요
미쳐 날뛰며 울거나 눈이 부시게 웃거나
분별없기는 연습하지 말아요
눈이 멀 정도라면 눈은 감아요
꽃구리 꺼플 아무리 예뻐도 구렁이는 구렁이
함부로 좋아요, 는 누르지 말아요

어둠 속에 벨이 울리는 건 삽시,
섬 바깥 계절은
나락으로 떨어져요
이브는 눈이 부신 이브는 당신 곁에서 조화로운 것을

붉은 벨이 울리는 것도 검은 벨이 울리는 것도 집착!

홍청망청은 안돼요
미련을 복용하지 말아요
섬은 안쪽이 아름다워요

* 1972년 개봉한 미국 스릴러 영화.

에코 오르간 echo organ

첫새벽 문득 사라진 청춘이에요
벗어날 수 없는 떨림이에요

영영 사라진 날개를 느끼다가
장밋빛에 물드는 치기
나비처럼 폴락폴락 사랑하다가 눈꺼풀 내려오는 되울
림의 순간
이단으로 꺾이는 무릎은 실제보다 조금 늦게 오는 몸
의 증거
꿈인 들 꿈 아닌 들 죄는 사해주세요.

바람의 이마 펄럭거리는 룽다의 눈알,
흔들리는 네팔의 산, 뿌리같이
별들의 탄성에 흔들리는 건 당연해요
기척도 없이 눈이 내려요
바람의 주민이 되어 모서리 없는 길을 걸어요
눈인지 구름인지
영혼의 힘을 간직한 땅, 랑탕
시공의 감각은 무뎌져 당신을 초대해요

멀어졌다 사라졌다
아! 추워요

당신의 하루 연체하지 않으면서
바람이 주인인 세상에서
변덕 잠시 잠든 고요 속에서, 합장

안 보이면 공포지만 언뜻 보이면 아름다운
그렇게 오는 당신, 멀어지는 당신
나마스떼 나마스떼 나마스떼

현을 위한 보칼리제Vocalise*

오늘의 해가 산턱에 엉덩이 디밀 무렵
어제 7시에 엎질러진 아라비아따 스파게티 소스처럼,
갈피를 놓쳐버린
머리통과 발바닥이 붉은 소리로 운다

날 세워 쏘아대던 눈빛 홀로 헤매다니던 모니터는 아
무렇지 않은데
실핏줄 터진 눈은 짙은 노을빛
몸통을 견디느라 피자 도우처럼 얇아진 발바닥
고르곤 졸라 피자에 꿀을 듬뿍 찍어 먹이면 더덕더덕
한 피로가 풀릴까

거울 속 얼굴이 끌고 온 오늘이 떠난 사이
찢어진 나뭇잎 같은 몸을 소파에 얹으면 기다렸다는 듯
쥐들이 꼬리 치는 종아리
산다는 것이 첩첩 가시덤불 우거진 기슭이다

가게 앞 가로등 불빛이 꺼질 듯 말 듯 안간힘을 쓰는
오후 8시

무릎이 흘러내린 다리를 달래며
수북한 머리카락을 쓸며
팽팽한 간격을 지키는 푸른 정맥의 시간

바람 소리에 스멀대는 그리움 흘려보내듯 달아나는
25촉 하현
뒤통수가 안쓰러운 오지랖이 달빛보다 밝다

* 라흐마니노프(Rachmaninov) 작곡.

셰인*

새털구름을 히치하이크하는 사슴이 있다

흘러가다 멈춘 음악처럼, 언젠가 떠날 사람처럼, 그러
니까 숙명이라 잠시 머물다가 먼지 속 떠도는 호흡이다
가

서부 개척사의 한 페이지에 끼워 놓는 거기까지가 나
의 전생일지 모른다

목이 말라도 물을 참는 나를 본다

겁 없이 사랑이라는 이름으로 덤터기 쓰다가 줄거리
없는 생을 소모하다가

모면할 길 없는 탄피로나 남는 여기까지 한 치 앞일지
모른다

자막에 남아있는 검은 활자는 쏠 듯 말 듯 쏘지 못하는
총잡이 사내

꽃은 필까, 궁금해진다

부사 형용사 살진 관념어만 쳐들어오지 않는다면, 국경 언저리 들개처럼 남아있을 시詩를 기다려

오늘 나는, 당신을 쓰는 것이다 당신의 이름으로 나를 쓰는 것이다

* 셰인Shane : 미국 영화.

리아스식 해안에서

엄마를 바꿨어요
채송화만큼 작아졌어요
바람도 모른 척 햇살도 나 몰라라
입안 가득 물고서 삼키지를 않아요
기분이 나쁘대요
고집스레 눈만 떴다 감았다
발가벗은 뿌리가 허공을 공유해요
삶의 대부분은 본능이거든요

아무도 모르는 사이
욕심 많은 신이 다녀간 거라면
그게 답이에요
엉뚱한 디바이스는 제거를 눌러주세요

환경을 바꾸면 돌아올까요
먼지 같은 입술에 물기 돌까요

가고 오지 않는 봄에 풍구질을 하고 싶어요
흐르는 것은 흐르는 대로 두고

한겨울 견디다 손을 뺀
두꺼비집을 위하여

두껍아 두껍아 헌 집 줄게 새집 다오*
두껍아 두껍아 헌 집 줄게 새집 다오
겨울나무를 위하여

* 한국의 전래 동요.

바람개비는 아름다움과 슬픔을
혼동하지 않는다

바람이 온다
머리 한 올이 돌기 시작한다
발밑에 누워있던 강아지가 돈다
잘린 가슴 한쪽이 회오리친다
피가 돈다
컹 컹 컹, 깃발처럼 펄럭이는 개 짖는 소리
바람은 엄숙하지 않아
우린 쉽게 돈다
네게로 가는 편서풍에 키스하는 문장,
남은 가슴 한쪽 속달로 보내 놓고
밤비처럼 운다
빈 가슴 가득 울먹이는 물음표를
꼭꼭 씹어 먹는다
엉성하게 증류된 나를 마신다
여기 어딘지
눈시울 붉은 달이 촛불처럼 운다
밤, 비悲는 소각한다

이별이 보통인 이 별의 아름다운 날개는 사라지는 중
이다

2부

꽃잎을 펼쳐라

피렌체는 동네 꽃집이다
햇살 녹아내리는 유리 안쪽은
사철, 나비야 꿀벌 실루엣 황홀한 봄봄
꽃들은 어제의 입술을 숨기고 온다

정기권은 애인처럼 달콤한 입술 맛
2주에 한 번씩 나만의 작업장 티니 헤어에
손님처럼 오는 꽃이 있다

이름만큼이나
화려하여 초절정의 표정으로 오는
실거베라 리시안셔스 알스트로메리아 청장미
브르칸테장미 보랏빛 카네이션

너 진짜 맞아?
당연하지!
누가 자세를 허문다
물기에 녹아 사라지기도 하는 장미 카네이션 꽃잎처럼

글씨를 꽃씨라 착각한 순간
알스트로메리아처럼
다양한 컬러로
흔들리며 피는, 꽃은 아닌
시의詩意 상실한 빈말

문제는 문제를 모르는 것처럼
나는 나를 모르는 것처럼
진짜보다 더 진짜 같아 마치, 가짜 같은 진짜와
진짜 같은 가짜,
문장의 허기 안 듯 만 듯

아흔 무렵의 어머니처럼
눈이 어두운 나는
습기를 탕진한 나는
나의 언어로 모반의 꽃을 피울 때

시詩앗 한 톨 가슴에 심어놓고 치성드리듯 물을 준다

처서

습기 마시던 제습기가 복수 찬 배를 열 번도 더 비운 여름
열기 삼키던 에어컨과 더운 바람 수선하던 선풍기도 시름시름 몸져눕는다

숱 많은 여름의 잔재가 좁은 방안 서성대며
열꽃의 씨를 받느라 분주한 내 몸도
여름이 나를 다 지나기 전 숨이 조금 죽는다

푸성귀처럼 널브러진 몸이야 곧 살아나겠지만 천만 근 마음은 순하지 않아
가을보다 먼저 올 누군가 필요하다
응답하라

내 사랑은 안녕하다

햇살이 햅쌀처럼 부신 12월,
발치에 서면
청어 한 마리 굽고 싶다

그 많은 가시 바짝 구워 통째로 먹고 싶다
그 많은 해와 달을 꼭꼭 씹어 먹고 싶은 거다
난 오늘 너를 구울 것이다

혀 짧은 정종 대신 묵은 이화주 한 잔 곁들여
얼근하게 취하려 한다
어렴풋이 떠오는 달빛에 질질 끌려가는 한밤
날 아프게 하려 너 아픈 거라면, 아서라
'나' 없으면 세상도 없는 법
사랑하려거든 나처럼

오지게 슬픔까지 그러안은 꽃들처럼 당당하게 하라
치사량의 그리움으로 비칠대는 나를 울어라

"나비야 나비야 이리 날아오너라"*

* 나비야 동요 가사에서.

45

파두

'그리운 내 님이여~ 그리운 내 님이여~'
고장 난 후렴구가 병실 창문 넘어가면
새를 품은 허공은 종종 금이 갔다
새들의 눈물 받아먹은 구름
북쪽으로 흐르다 신호등에 걸리고
노래인지 신음인지 흐늑흐늑
창밖, 은행나무 흔들면
부러진 화살 같은 햇살 속에서
죽은 물고기가 떠오르기도 하였다
병원 뒤뜰에 납작납작 주저앉은 우울한 가락
민들레처럼 채송화처럼
봄, 여름 다 보내고도 시들 줄을 몰랐다
계단에 걸터앉은 앉은뱅이처럼
일어설 줄 모르는 마른 뼈들이
연주하는 두만강,
침묵하는 먼 강바닥으로
아버지 자꾸 미끄러지셨다
님에게, 로 가시는 환승역에서 잠시
젖은 몸 말리는 뱀처럼 마르고 마르다가
푸석푸석 입김만 날리다가

더는 남길 게 없다는 듯
거품만 게우다가,
음의 파도 저어가는 파두처럼
낡은 의자에 앉아 듣던 높낮이 한결같아서
은행잎 떨구는 가을이 시들었을 뿐
그 강은 마르지 않았다

2막 1장

시작은 덜컹대는 침묵이었어요
관계는 소란했지만
우리 앞의 강물은 멈추지 않았어요
청평 설악 호텔에서 깨어난 강변의 아침
창호지 문을 밀어내는 햇살이 나를 건드렸어요
선명해진 생각이 문을 열자
탄성이 찾아왔어요
이부자리까지 중얼중얼
들어오는 햇살이 나를 통과한 순간
얼음 품은 맥주 생각이 났어요
한 사람은 보이지 않고
영화보다 진실한 풍경 속에서 기다림이 궁금한 내가,
문득 추운 내가
얼음이 되고 싶었어요
한 잔이 한 병으로 한 병이 두 병 세 병으로 가는 동안
햇살이 부끄럽긴 해도 뭐, 어때요
한 사람이 돌아오는 시간은 아름다워요

오래전 나를 결정한 아침이 있었어요

아델Adele*의 숨소리 요동치는
콘솔 위, 부루칸테 꽃잎 테두리 붉은 줄을 읽다가,
그날 붉은 한 줄 들여다보다가
서두르지 않고 따뜻해져요

창밖은 그때, 우리 관계처럼 소란하지만
자동차 소리 빗소리 아침이 붐비는 소리
개펄처럼 흐르는
내 안의 흥얼거림까지
청평의 기운이 강물처럼 흘러요
추억은 가끔
허기를 달래기도 하나 봐요

당신을 써야 할 이유가 빗소리를 적셔요

* 영국 가수.

화이트아웃_{whiteout}

매혹이네 나비 날갯짓에서 연둣물이 보슬보슬 번지네

연두는 나를 지나 우리를 적시고
생의 전복 꿈꾸는지
불행 속에 처박힌 단역을 초록으로 이끄네

푸른 사서함의 전갈
벼랑은 벼랑의 일을 물었지
그때 문득 온 너는 문밖의 일,
버번_{bourbon}을 마시며 너를 울었고
아우스레제_{Auslese}를 마신 날은 파스텔 톤으로 취했지

그리고 오늘, 보드카 스피리터스_{vodka spirytus}로 감정을
태운다네
부당하게 나앉은 오지에서
누군가를 복원하다 삐끗한 날은
폴란드 브로츠와프에 가는
상상이란 나비가 출국을 서두르는 날은

세상에 착륙하지 못한 어린 별과
영혼을 조각하던 요요한 도시,
강설로나 오는 너의 정면,
분홍을 노랑을 허다히 낳고 싶은 울목, 또는
오는 너를 위하여

마네킹이 마네킹에게

허기라는 짐승의 움막을 버립니다
자석에 붙은 쇳조각처럼 달싹 들어낼 수 있는 허기라면
아직 푸름입니다만
싹 밀어버리고 새로 깐 원도처럼
얼굴을 밀어버린 저의는 무엇입니까?
그런들 아무것도 버리지 못한 몸은
당신을 살지 못할 것을 압니다만
눈먼 담쟁이처럼 벽만 더듬어 산 기억들

당황한 코로나19*
당신 안쪽에 쏟아버린 꽃처럼
검푸른 봄날
빛을 놓치고 싸락눈, 벌을
받은 듯이 스름스름 옵니다만
어쩌다 들킨 마음은 돌려보냅니다

밀어버린
오늘을 위하여

* 코로나바이러스감염증-19(COVID-19).

프롬프터 prompter

한 줌 빛으로만 있는 너를,
사방으로 흩어지는 너를,
어두운 화면으로 읽은 적 있다
홀로 존재하는 빛처럼 접속되지 않는 너를,
그림자만 골몰하는 너를,
고장 난 화면처럼 기다린 적 있다

휘어진 빛 뒤쪽의
약속일지 몰라,
돌멩이에 맞은 새가
떨어뜨린 노래처럼
비명도 그 무엇도 아닌 소리로
보내지도 잡지도
못한
사이, 사이, 피어오르는 안개
그리고 침묵

스팟트 뉴스처럼 스쳐 가는 나의 내면을
너에게 들킨 적 있다

목련의 찰나

입체적으로 깊어진다
없는 운이 올 리 없다
짙어진다
없는 운이 올 수도 있던가
세상에 없는 빛으로 환한 날갯짓

길어진 꼬리 물고 또 깊어진다
도톰한 입술 덮고 또 짙어진다
명랑한 운에 투기한다
악의 없이 퍼트린 소문은 필사한다

이목의 한가운데 허리춤 푸는 희디흰 한 송이
맥 브랜드의 스테디고잉 립스틱을 바른다
악담하듯 바른다
새들이 명언처럼 탄생하는 촉촉한 죽은 핑크의 시간

때때로 깊어진다
봄 낱낱이 짙어진다

와온 낙조

이름만으로 번지고 싶다거나
이름만으로 젖는다거나
그런 통속이 아니다
너의 목소리로 입술 가까이 와 닿아야
가만히 네가 되는 것이다
내 핏물 이슬처럼 섞이어 번지는 것이다

이십만 평 와온에 눕는 붉은 새
너의 몸으로 듣는 것은
천 일 동안 잊었던 봄이 나를 흐르는 것은
십만 평의 주저흔

그리고 막차는 오지 않는다는 것
거기 천년만년 꽃이불 펼치는 넌 세상의 모든 첫, 이다

사이코트리아 엘라타*

사랑이라고요?
순수한 유혹입니다만,
이 싱거운 삶
차라리 눈은 감아요

친구 딸, 여대생 다인이처럼
산 듯 만 듯 그냥 가는 건 죄란 건지
아니란 건지, 한창때
떠나 온 꽃자리 다시 중얼거리는 건 죄란 건지
아니란 건지
마릴린 먼로 거나 오드리 헵번이거나
138억 년 전 우주 거나 45억 년 전 은하계 거나
거기 한 점,

먼지만도 못하다고요?
당연해요

그러니까 먼지의 스크럼은 더구나 거룩, 거룩합니다
똥내 출렁대는 세상

태우고, 태우고도 무엇이 되려는 악다구니
창녀의 입술이라고요?
일 없습니다

다인이도 가고 마릴린 먼로도 가고 오드리 헵번도 가고
외로워 우는 당신들
당신, 붉은 당신 붉어지는 당신 아랫배가 뜨거운 당신
뜨거워지는 당신

아하, 당신
내 안에서 사라지고 싶은 거군요

오! 노(no), 노(no), 노(no)……

* 남미 국가에서 자생하는 사람의 입술을 그대로 닮았다는 꽃.

안개 속에 흔들리는 꽃

아는 건 눈빛만이에요.
내 곁이라야 웃을 수 있다는
재혁이, 그 친구 경수라는 끝물 십 대 때문에
열다섯은 외로움을 배워요.
재혁이를 위한 배려는 한 결을 내어 주는 것, 잘난 연
민의 공식*
궁창인지 시궁창인지
너는 침이 마를수록 나는 속눈썹 파들거리는,
가끔 뱀의 혀로 피 맺히게 하고
돌아서 악마의 두근거림으로 짜릿하기도 한
서툰 감정은
안개 속에 흔들리는 꽃

신은 모르는 게 분명해요.
나는 너를 너는 나를 보는 그런 세계까지는,

바람 분다고
자랑스러운 얼굴로 바람을 막아주던 너는요,
사실은 삐딱하게 얹어놓은 학생모도 그럭저럭 옆구리

에 낀 가방도 그럭저럭
　보기에 좋아서요,
　교련복 입은 모습은 또 어쨌게요,
　곧잘 시험에 들곤 했지요

　너는 슬픔이 되어선 안 되는 거예요
　사랑은 가끔 쓸데없이 소모적이긴 해도
　너를 죽게 하진 않아요.
　더듬거리는 사랑의 숙명처럼
　로테*가 무심코 건넨 눈, 총은 인생의 봄비가 된 것처럼
　이미 핀 꽃은 질 뿐이고요,
　이윽고 너는 곁을 비우지 않잖아요

* '강신주의 감정수업'에서.
* 괴테의 『젊은 베르테르의 슬픔』 속 여주인공.

장미의 이름*

중세에서 왔어요

새빨간 입술이 사실을 사실 아니라고 읽어요
쭈그리고 앉은 분꽃처럼 남루한 자세는
하늘을 볼 수 없어요
골목의 표정을 아는 우리들의 장미는 란제리를 입지
못하는 것처럼
악마의 혀에 감긴 꽃잎은
젖은 눈으로 독배를 마셔요
누명을 계단처럼 딛고 피아노를 치지요
장송곡을 연주하지요
생애 단 한 번 뜨거워지지요

죽음은 죽음을 기록하지 못하지만
관 속에 누운 장미는 꿈을 꾸지요
작고 힘없는 것들은 마녀의 분신이 되는 세상 따위
돼지 피 항아리에 처박힌 채
비문이 되었지요
신이 없는 악마의 나라에서

까만 고양이가 될 거예요

해와 달이 몸 바꿀 순 없지만,
무지개가 바닥에 엎드려 등을 내준 어느 날의 일기처럼
누군가의
무지개가 되고 싶어요
당신, 무릎을 펴세요

* 움베르토 에코의 원작 소설 영화.

마지막 한 잎의 형식

오는 너를 로열살루트 한 모금에 섞어 마시는 맛
현란이라 하자
밀물로 들이닥치는 늦저녁

너를
애플페스츄리 속 애플처럼 아쉬운 달콤 한 스푼
별을 작업하기 전
싱싱하게 외로운 달빛의 느슨한
발랄은 감정의 내부, 매혹이라 하자

허밍으로 오는 메아리
취한 듯 취한 척 비칠비칠 찾아드는 거기
벼랑 같은 귓불 끝 아직 푸른 잎의 지번일 뿐
나를 너에게 이전하고 오는 몸살은 사뭇 유혹적이다

한 폭으로 펄럭거리는
이 겨울 노라Nora* 의 체온

하루의 종착지에 기적이 운다

* 입센의 희곡 〈인형의 집〉에 나오는 여주인공.

3부

가을이 쏟아진다

여름을 열고, 증상만 울울한 여름을 앓았다
손 안쪽 길 사라지고 머리 안쪽 골목도 사라지고
신들은 모르는 일이라 잡아떼고 나는, 신음의 갈피 뒤
적거리고
하늘이 쏟아지려 하자
구름 먼저 쏟아진다
양동이 받치려 하자
그림자 벌떡 일어난다
살갗 꼬무락거리자
솜털 울컥 돋는다
바람이 냄새 피우려 하자
길가 코스모스, 풋내 물큰한 허리 살랑살랑
지나는 잠자리
풀린 실오리처럼 따라나선 발정 난, 울음
예고 없이 돌아선다

아, 아슬한 벼랑으로 불어오는 저 푸른 시선의 완주

침사래 컥! 덜컥

가을이 쏟아진다

맑은 혐의 한 방울 똑! 떨어진다

블러드스톤bloodstone

죽은 나비는 성페로몬을 발설하지 않는다

빛이 사라진 파괴된 색으로 살랑살랑 스칠 듯 말듯
벼랑을 치받으며 파랑 가시 펄럭이며 온다
인트라망을 흔드는 뭇별 눈망울 사이
죽은 계절 시간하는 그늘 깊은 쥐의 눈빛을 읽는다
냉동된 백혈구,
사소한 씨톨 한 점으로 남아
흰 갈기 앞세워 휘파람 부는
밤의 계급장,
고통의 값을 환전한다

폐쇄된 하늘 기웃대는 하현에 착색하는 빛,
희고 마른 착시

은하수에 수장한 별들의 침묵은 북새통, 빛없는 어둠
이 아차 혀를 깨문, 허공에 매달린 문장처럼 지독한, 울
음은 먼 영혼을 잃어버린, 이미 굳어버린 나이테 모방한
나를, 나는 또 표절, 미간을 지나는 바람을 본다

누가 비타민을 삽입했을까
자궁 입구 틀어막았을까
날개 비늘은 왜 혈관을 막았을까
흉몽으로 오는 피의 문장
문밖 근육들의 스크럼 타박하는 안개, 당신을 본다

꼬리 높이 올리고 아다지오 아사이로 오는 오드 아이
가 있다

우리가 마신 레드와인의 속명은 '접속'

사람 사는 세상에 사람은 없고
구름이 텀블링하는 산이 있고
바람이 태질하는 명치, 그 아래
습한 것들의 자생지 계곡, 조금 더 내려가면
소화된 말들이 달리는 엉거주춤 허공이
풀들을 키우고 있다는 공상

시간의 폭정을 견디기에 최선인,
발바닥이 딱딱할 무렵
피딱지 울멍질 그 무렵
물기 없는 숲의 안쪽은 꽃잎 대신 날리는 먼지들로 북
적거린다

취하고 버릴 여지 없는 우렁차고 누런
숨질 멈출 수밖에 없는 세계가 여기 있다

눈물로 거두어야 할
아직은 다 나의 것이니
별빛 아래 '샤또 딸보' 범람하는 현장, 접속을 꿈꾸는

마지막을 기도하는 상상들이
반은 덥고 반은 추운 신랄한 날들이, 많다
우리 세계에 우리는 없는

해바라기

처음 본 순간 울고 싶어서

입술 붉은 장미와 꽃결 보드란 패랭이와 캐모마일 향
에 취한, 집시를 꿈꾸는 여름밤의 맨살 깊숙이 파고들어
꽃물 도는 한 마디에 한목숨 걸고 싶어서

너를 태우고
나를 태우고

중심을 읽는다

빈 칸칸 너를 쓴다

고등어 연가

쌀뜨물에 담가둔 고등어를 흐르는 물에 씻다가
분홍 속살 움찔댈 자 무심코 나온 말
어디서 온 거니?

새내기 축제에 간다던 스무 살 딸 아이
짠 비린내에 실려 와
밤새 토하고 실룩대던 붉은 **뺨**의 속말처럼
말이 없다

나는 손질한 고등어 속살에 밀가루를 뿌리며
다시 묻는다
꽃놀이? 바캉스?
여전히 말이 없다
당신이 나를 부를 때처럼

대파와 생강을 갈라 넣은 프라이팬에 떨어뜨린 기름
자글자글 울다가 그을음 직전
정신 말짱하고 몸은 불편한 엄마, 손이 자꾸 밑으로
간다던 소리가

비틀거린다
아무렇지 않게 묻는다
부끄러워?
— 응.
집에 가고 싶어?
— 응.

엄만 환자니까 괜찮아,
아가처럼 그래야 집에 가는 거야

오래전 물병자리에 꽃씨 한 알 심은 당신
벼랑에 이르러
바람의 씨 파종하는 오메가omega의 시간

엄마는 내루식 화덕에 고등어를 구웠다
둥근 두레 밥상에 일곱 식구 둘러앉아
젓가락만으로 깊어지던 스무 살의 어느 저녁

고등어를 굽는다

고요 속에서 지글거리는 엄마 소리
가시 발라 밥숟가락에 얹어주는 엄마 목소리
참는다. 오래 참는다
사랑은 한참 더 참는다

허밍은 찰나,
명랑은 어디 간 거니?

달아나는 당신

움직이는 당신이 되어 보면 마음 놓일까

어둠을 밀어내는 빛을 엿보고 있다가
푸석한 입술에서 구름을 꺼내 보다가
생각 없는 당신의 발자취 꼬집어 보다가
당신 목젖을 타고 넘어오는 생생한 사이렌 소리 듣는다

짙은 안개 속살 찢어발기는 겹겹 메아리
오늘 따라 가는 곳곳 텅 비어 쉼표만 덩그러니
도대체 무례한 독주를 막을 수 없다

내게 오는 시간을 계산해 본다
상상에 지팡이를 주면 오래 걸릴 것인가
혁명으로 너덜거려진 허공 길은 폐쇄되었다는 소문만
무성할 뿐,

기다리지 않는다
기다린다
기억은 깜찍해서 사라지는 놀이에 집중한다

봄볕이 그림자 꼬리까지 감추면 딸꾹딸꾹
봄은 오나 보다
서둘지 않고 천천히

당신 그렇게 올 것인가

— 아름다운 걸음걸음에 작은 예를 올리오니 부디 물
리치지 말아 주소서.

참신한 당신을 소지할 것이다

마른 꽃

나보다 더 나를 기다렸나 보다
산소호흡기가 시간을 옮길 적마다 쿨렁대던 습기가 엎
어진다
한 목숨 움켜잡은 주먹은 벌써 길을 잃은 듯
활짝 번 꽃잎을 역설한다

예감은 슬플 때 아름다운가
천사의 날개와 당신의 발바닥 사이
시소는 아직 중립이다

태풍 다나스는 별빛 달빛 예보에 밀려났는데
이번 전야제의 취향은 평등하지 않아
Rh-B, 처럼 낯선 피의 계시에
제사장도 없이 젖은 하늘 너머
하얀 피를 뿌린다

환청으로 오는 숨결 혼자 웅얼대는 자정 너머
한 방울의 마지막 물기 말리는 꽃의 성화를 본다

카네이션의 성모*

여자의 예감은 적중했다
중세의 무렵, 전설 속 어머니였던 한 여자의 눈물 진
자리마다 카네이션이 피어나고 있었다던가
세상의 모든 사랑은 고통을 먼저 사랑한다 했다
하물며 핏빛 수난의 계절은
어머니, 당신 몫이었다

목이 가는 유리 꽃병에 그림자를 담근 백합은 숫눈보
다 깨끗해서 눈망울 가득 눈물 첩첩
흐릿흐릿 흔들리는 성소,
골고다 언덕으로 가는 길은, 처음부터
길이 아니었던 것처럼
서릿발 같은 못,
못의, 가장 안쪽
순애의 빛이 자라고 있었다
심중에 박힌 못은 꽃의 예고였다

* 레오나르도 다 빈치 작(1452~1519), 패널에 유채, 62x47.5cm.

집착

보르네오섬 칼리만탄주에 간 적 없다
간 적 없다는 것은 시앗 닮은 헛꽃의 심정
임창정의 신곡 '하루도 그대를 사랑하지 않은 적이 없
었다'를 듣는다
병든 상처를 끓이는 것은 그리움의 현상학

심장을 파고드는 물색 짙은 소의 눈은 우직하다
독주를 마실 때마다 생각나는
성격을 바꾼
젊은 날, 의 핑크레이디
해체시처럼 내 속으로 와 눕는 등 질긴,
빨강을 증오하며
물끄러미 석양에 얹혀 돌아오며
풋내나게 울던 입술

미망도 끝이라고 말하던 지점에서 고작 1년,
휘청대는 눈빛은 바람 동위 원소
크리스마스이브의 눈안개는
부메랑이다

버번위스키 한 잔으로 불火 먹은 구들장이 되는
미혹의 계절은 섬 속의 섬
펼쳐놓은 손금 사이 눈 쌓인 좁은 길로
숨어 오는 늑대 한 마리

이것은 너에게 적응하는
나를 참는 법
폐 없이 피부로만 호흡하는 개구리처럼

하루도 그대를 사랑하지 않은 적이 없었다*

* 임창정 노래 제목.

상강霜降 무렵

아침의 꼬리, 말아 쥐고
눈뜨자마자 복용하는 비타민처럼
온다

코피루왁의 절묘한 향으로
향을 모르는 이에게는 길냥이 초록 눈동자 표절하는
짙은 울음으로
온다

가르릉 가르릉…
운다
나를 모르는
너는
그러니까, 처음인 듯

탐탐 겨드랑이에
눈빛 묻고
탐탐 허벅지 사이
송곳니 박고

탐탐 시간 건너뛰고
덮어쓰고
계절을 간섭하는
시그널처럼

너는
문득, 서늘한 눈빛으로
유리창을 들여다본다
갸르릉 갸르릉, 유리창에
서리 내린다

보라 수국

먼저 돌아선 꽃이 되어
진심 아닌 안녕은 말하지 말 걸 그랬다

꽃들의 유전자는 배우다

어쩌다 스친 놀람 앞에서 소리가 되는 표정으로
꽃이 필 때
꽃을 지나간 꽃이 날개 펼칠 때
풀 죽은 오후에도 목련은
그리운 가슴마다 빛이 되기도 하는 것처럼
먼나무 가지마다 참새들
빨간 종소리로 울기도 하는 것처럼
동네 개들 불러모은 라일락 향기처럼 명랑한
너무 많은 화장을 지운 그녀는
그냥 여자다

섬화 꽁무니에 매달려 날아간 새를 보았던가
깔깔거리며 눈물을 수습하다가
땅거미 말미 지금을 연주하다가

가슴골에 고인 말 자꾸 붉어 온몸 꼬집힌 듯 멍든 보라

하필 우리, 아무나가 아니라서 좋다는
철 지난 이야기와 이미지 사이
여자는 여자를 잃고
그대만의 바다로 가는 꼬깃한 환향을 무릅쓴다

꽃 다 지운 혀를 위하여

이생에 지친 우리라는 사치

세상에 없는 나를 만지면 눈물이 나서 눈빛은 모른다 했다 생각이 지칠 무렵이면 물안개 속으로 달려간다 했다 뼈와 뼈 사이 바람 소리 낯설다 했던가 물푸레 가지 하나 눈물에 담근 밤은 새파랗게 멍이 든다고 했던가

모르는 너를 나는 울지 못한다 가만히 돋는 소름을 녹여 먹는다 목젖을 넘어간 해가 돌아오면 물푸레 껍질처럼 우는 너를 상상한다 벽에 걸린 마른 눈물이 부서지던 날 너를 만나러 갔는지도 모른다

단발머리에 아카시아 꽃잎 소복하던 날 우린 이별을 완성하지 못한 건가 상처가 없다

책갈피에 꽂아놓은 하얀 꽃잎처럼
생각하는 너는 나를 모르고
상상하는 나는 너를 모르고

우리 사이 마르지 않는 강이 흐른다

매일 안녕을 말한다는 것은 잊지 못한다는 말, 모르는 것을 잊지 못할 때 우린, 파란 눈물을 퍼 올린다

너는 오늘도 안녕을 말한다
끝이란 듯이

막걸리꽃

동쪽으로 창을 내고 그 창,
봉인하는 초승은
배꼽 간질이는 설렘이에요

누군가의 손길에 어질어질 앓다가
뒤꼍에 숨겨둔 비밀처럼 익어가다가
하얗게 핀 벼꽃처럼 수수한
술렁거림은
농담처럼 가라앉기도 하던가

부풀어 오른 목젖 꾹 누르고 울컥!
입술 밖으로 미끄러진 고백이
돛을 다는 11월

골목 귀퉁이 카페 불빛처럼
빛과 어둠의 국경 언저리
헐렁한 노숙 감싸는 물방울들

누룩 냄새 피어나는 강기슭

돛배 한 척
띄우는 일은

꽃, 직전의 무렵
숨결 따라 움트는 스무 살 트집
토닥이던
어떤 눈빛 보다
내설악 단풍보다 한결 더 붉은
꽃이 되기 좋은
상냥한 귀띔이에요

다락방의 꽃들*

덧니와 송곳니 사이 새가 살아요

비 오면 비꽃 피고
콧등은 익살 주름 찡긋거리고요
종편 드라마는 단맛 나는 슬픈 통속이고요
후속 드라마는 빠를수록 좋고요
상상은 맛있는 소란, 중음은 파스텔톤, 여기까지 한
갈피라는데
눈물 채 마르기 전 시작할래요?

코믹터치, 어때요
너무 큰 슬픔이거나 기쁨이거나 내재율의 방식은 눈물
고백한 적 없지만
구석을 핥는 헛소리는 성사
칸타타는 아니지만
어떻게든 성스러워요

덧니와 송곳니 사이, 새는 뻔뻔해요

작은 숨결 흩날려도 놓칠 리 없어요
숨 멎어도 도망가지 않아요,
줄 끊어진 연처럼 이륙하는 꽃구름
덧니와 송곳니는 근친의 근친이라는데
뺄까 말까 망설이다가
바람이나 찢어요

포도동포도동거리는 비취는 알까요?
섬과 섬 사이 핀, 홍조 띤 맨발을

* 미국의 소설가 V.C 앤드류스가 지은 5부작 소설 『The Dollanganger series』의 1권.

들개

이 숲은 뒤죽박죽이다

동백 울타리 너머 산벚꽃, 산벚꽃 너머 구절초 그 옆 옆이 꽃무릇, 꽃무릇 너머 다시 동백, 별 보러 오고 달 보러 오고 바람맞으러 오고 눈이야 비 마중하러 오고 눈시울 적시다가 비참을 복습하다가 무엇보다 쓸쓸하다가 다시 쓸쓸해서 떠돌다가, 떠돌다가 굶주리다가, 굶주리다가 피비린내 쫓다가,

새파란 눈은 잠들지 못하는 눈은 계절의 외곽 불안한 그림자 지우고,

하얀 백지에
숨,
묻으러 온다

4부

달꽃 피는 밤이었다

그냥 물었다
어디 갈 거냐고
집에,

삶에서 죽음까지가
마실이었으면
좋겠다

어쩌다
그 질긴 숨은 놓친 걸까
사이가, 아득하다

먼나무

가슴을 열면 가난한 새들 눈알이 붉다
가지에 걸터앉은 높하늬바람이
슬어놓은 알처럼
북극성이 불을 켜면 정박하는 닻별이다
12월의 숨골을 덥히는 삼태성이다
새들의 광장이다
당신은 촛불을 켜는 사람
불그림자 읽는
불을 잉태한 배꼽에서 연기가 난다

저녁별

무릎 꿇은 자세로
내 안의 드라코는
나를 견디며
얼어붙은 산문을 쓴다

사체 청소부로 목숨줄 이어가며 아슬아슬한 드라마를
연출하는 몇몇
아무르 표범처럼,
온몸 가득 매달린 눈물의 매듭 풀어
보듬어 안은 그때

태양 언저리에서 자전하는 지구처럼
잎을 떨구는 활엽수처럼
당신 기웃거리며 기울기에 반응하는
내 그림자
본 적 있는 것처럼
어쩌면 나를 찾아온 별의 씨, 어쩌면 내일이란 무지개

바람 한 됫박쯤 건네면

빛이 오는 것처럼
가장 오래 운 내 눈물로 시詩, 가 되기도 할까

문득, 당신 안에서 건들거리고 싶어질 때,
북위 50도의 태양은, 당신을 닮은 것처럼

우리들의 공작 시간

샥스핀을 먹을 거야
상어 이빨이 되어 보는 거야
위협적으로 변할 거야
설산에 길을 내야지
사람과 자연이 어울려 사는 곳이 성지라면
성인이든 설인이든
그게 무엇이든 돼 보는 거야
티백이든 태백이든
그 깊은 기슭을 누가 알겠어
연습은 필요치 않아
지진이 덮친 축제의 현장처럼 잔혹해질 거야
오려낸 지느러미처럼
그렇게 버려진
상어처럼, 아름다운 비극이 될 거야
공작은 끝났어
기껏 똥이 될 거야
지우개똥 볼펜똥처럼, 할 일은 끝냈나 몰라
까르르르…
일은 무슨 일,

목소리 도둑맞은 새를 알아
가슴 에이는 한의 뒤통수치는 그, 소리
끄으윽 끅 끄윽 끅
사람들의 변덕은 심오해서 알 리 없어
그래도 먹을 거야, 샥스핀
상어가 돼 보는 거야

치키치키 차카차카 초코초코초*

날아라! 핀fin

* 동요 날아라 슈퍼보드(김수철 작사, 작곡)에서 따옴.

러블리 바오밥나무

마다카스카르 모론다바에 가면
러블리 바오밥나무가 있다

하필 아프리카,
태양의 눈빛에 바람도 흘러내리는 곳이지만
어디 사는 누가 누군지 알 리 없지만
누가 누굴 알아본다는 것은
아름다운 모의模擬

이런 사랑 앞에서 태양인들 뜨겁지 않겠니,
바오밥나무 잎사귀들이 바람의 입술처럼
연서를 주고받는다

사랑은 달다, 벌써듯 증언하는 입술 앞에서
차마 돌아서지 못하는 나의 사랑은
열매일까 꽃일까,

그늘도 모르면서
나는 언제나 열매를 소망했지,

오지 같은 그늘이 무단횡단하는 오후
그 너른 그늘을 누구에게 분양했는지
바오밥 나무를 추궁한 적 있다

남편의 스마트폰에서 바오밥 향기 난다고
악담 퍼붓는 바람 아니어도
미용실 한쪽 구석에 걸려 있는
'크림트의 키스'를 볼 때마다 슬픔과 뜨겁게 입 맞추는
나의 전생을 확인한 적 있다

아름다운 연인보다
밥공기 먼저 떠올리는 생각 속
'크림트의 키스'를 한 번쯤 불러내고 싶은
러블리 바오밥나무가 있다

지난 계절이 낙엽처럼 울어도
사랑은, 달다

아바나 혁명광장을 애니메이션으로 읽으며

동화 속 동화처럼 스미면 발목이 들썩거린다

말레콘 가는 길은 왜 유난히 다정한가
일몰의 스팟 사이 코끝 시큰한 이유 수장하고
떠나온 모로 요새
꿈에서도 꿈은 아닌 로맨틱한 이 목숨
누가 결정하는가

기억이 구름처럼 떠도는 전설의 뒷목 건드렸을까
쏟아진 나를 공유한 너의 열점
상쇠 꽹과리 치듯
강냉이 장수 튀밥 튀기듯
심금을 폭파하는
오, 쿠바! 고작 꿈이라니

혁명의 아이콘
체 게바라여 시엔푸에고스여
죽어도 죽지 못하는 그대들 돈키호테여

우리 모두 리얼리스트가 되자 그러나 가슴속에는 불가
능한 꿈을 갖자 인간은 꿈의 세계에서 내려온다*, 는 그
들처럼
　봄은 행동하라
　높이 날아올라라
　묵은 감정 믹서기에 갈아 마시면 샐빛 쏟아지려니

* Ernesto Che Guevara의 말.

침실의 철학*

얼굴을 버린 옷가지에 탱탱 불은 젖이 매달려 있다. 그 속에서 흘러나온 뽀얀 젖, 흘러내리는 것 같다 보이지는 않지만 젖 줄기에 닿은 엄마 눈물이 실개천을 이루고 있다 젖몸살 앓던 엄마 신음소리 졸졸 흐른다

잠결에 언뜻 들었던 그 소리, 얼음장 깨지는 소리처럼 쩡하니 가슴 조각내는데 액자 밖으로 굴러떨어지는 그림을 보니 밤꽃 냄새 말라붙은 물음표가 보인다 왜 우는 거니, 묻는 물음표 아래엔 얼굴 없는 여자의 옷,

무릎도 발목도 보이지 않는 치맛자락 앞에 신발이 되지 못한 발가락이 놓여 있다 엄마, 아파 아파 울면서 왜 자꾸 아를 낳노, 젖이 흐르는 옷에서 어서 도망가라고 떼쓰던 어릴 적 뒷산보다 높던 젖무덤은 무덤이었다

난산의 기억 봉합한 어머니의 발가락이 도망 못 간 채 가지런히 놓여 있는 그 옆에서, 도망가지 않으면서 따돌리지 못한 여자의 내력을 쓴다

초분初分처럼 침실의 말맛은 지금도 첫, 봄이다.

* 르네 마그리트의 작품(1947년).

스포일러

허공에 박제된 무당거미가 전생을 끌고 오기도 했다
강요당한 숨,
싱싱한 심장 쪽으로 기울어가는 것을,
스폿 애니메이션으로 보기도 했던가

짧은 상상은 꿈보다 찬란한 거니
다 못한, 다한 사랑도 없는 계절
1,700년 동안 화산 잿더미 속에서 속닥거리다
얼결에 뛰쳐나온 폼페이 연인들처럼

생사의 경계에서 문득 핀 꽃보다 사랑을 미분하는
왜청빛 비린내는 반송하고도
네가 나를 경영하는 사이
아찔한 나를 주장한 매혹적인 인연까지는,

구설이 싫어 끊은 SNS에서
붉은 눈의 전갈이 뛰어나오질 않나
끓어 넘치는 용암의 혓바닥이
중심을 잃고 서툰 관계를 완성하질 않나

우리 사이
태양의 안쪽은 녹슬지 않아
불길한 예감 편애하는 나는, 우연히라도
너를 사랑하지 않겠니

난시

미치는 건 아름다운 영토에 빛을 더하는 일이에요

날것의 머리는 반쯤 열어야 해요
바닥은 은밀해요
종교로 포장하는 건 아주 쉬워요
과하면 좀 어때요
욕구의 매듭을 풀어주세요
난색천 아래 난교는 어땠나요
후기 좀 올려 주세요(신비? 아님 어때요.)
눈 한 번 질끈 감고*요
등 지느러미 척출 후 상어는 가라앉는 중이에요

포르노란 말 함부로 뱉지 않으려 했는데요
바닥에서 바닥은 거기서 거기려니 했는데요
바타이유**는 차라리 사랑스러워요
저주는 깔끔하지만, 이어 뒤이어 자꾸자꾸
발을 빼는 당신들은 구역질 나요
무턱대고 체크인된 어린 가슴 울먹대는 먼 곳,
그렇고 그런 난해거나 난잡이거나

거룩한 오늘인가요 존경해야 하나요?

덜렁대는 머리로 비루한 나는 소비되는 중이에요
물소리를 들어 볼까요?
눈은 감아요
코에 붙은 귀는 예민해요
하얀 비린내가 울어요 빨간 비린내가 웃어요
발작인가요 절정인가요

태풍이 와요 거꾸로가 상식이에요
최고의 안경을 주세요, 힘 많은 당신
당신의 정신을 물려주세요, 돈 많은 당신

벌은 마지막이 아니에요
마지막은 별이에요, 이, 별,

* 와이즈 와이드 셧 : 스탠리 큐브릭의 영화.
** 조르주 바타이유 : '악'에서 '꽃'을 본 프랑스 인류학자.

화병에 꽂힌 열다섯 송이 해바라기*

성인식은 생략했어요
산양의 피가 없어서
루비듐의 붉은 착각이 지루해서
가장 안쪽 문을 바순 붉은 물이 끔찍해서
불꽃은 예뻐서
수직 벼랑 타고 오르는 산양처럼
생의 표면적은 한 뼘 만인
그 생의 손바닥
톱니 모양으로 오리기도 해요
마른 샘에 구멍 내고 킬킬대는 혓바닥은
잘게 자르기도 해요

열다섯 꽃송이 만개하던 날
노란 꽃들이 화병을 버리고 산화를 기원한 건
자신을 버리는 일이라서, 인가요
아직도 뜨거운 저것
초록은 오지 않아서
별이 되고 싶어서
즐거운 상상은 붉어서,

커밍아웃!
바람을 주세요

* 빈센트 반 고흐, 〈꽃병에 꽂힌 해바라기 열다섯 송이〉, 캔버스에 유화 /
100.5×76.5cm.

화이트홀

반 토막 별 조각,
덧니처럼 불티 한 점 입증하지 못하고
불시착의 징후를 앓기로 한
그날 이후
눈 속에 눈은 없더란 거지
큐브처럼 절묘하더란 거지

꽃의 바깥에서
꽃이 안쪽을 들여다보는 일
서쪽으로 간 별들은
술을 마시고
마약에 취하고
섹스의 끝을 모르더란 거지

이론상 새벽은 오지 않아
꽃의 바깥은
침묵을 강요하고 뇌관이 터지길 바라지

은하의 구석, 아웃사이더,

죽음의 단두대 같은 지구는 발작 직전
당신과 나의 관능은
천국의 포토라인에 선다는 거지

이 모든 회화적인 진술은 휴거,
침을 꿀꺽 삼키면
세상의 모든 입술이 와글거리는
하여, 지구는
표류하는 나를 뱉어내지 못하는
목구멍이 된다는 거지

숙명의 잠귀마다 꽃은 피어

선물이 고통이기도 한
소금 계곡* 입구
막을까?
누가?
묻는 입술 사이 소금꽃 핀다

차마고도 산 증인
흰나비 떼

싱거운 건 죽음이다

소금이 물 먹은 우기 오면
여인의 묽어진 땀이 눈꺼풀 적시면
새파란 하늘에 실핏줄 터졌다고
별들은, 거처를 옮기고
인연의 잠귀에 꿰인 별은,
각각의 머릿속에 무지개로 뜬다

고단한 땀이 결정한 눈물로 눈동자를 녹이면

루띵마을 염정鹽井
삭히지 못한 날숨이 짓는, 간절인
꽃잎의 시간

숨은 반만 산목숨이라 믿는 기억을 번개가 치고 간다
첫, 복사꽃 열매 같은
도화염이라던가
2차염 3차염은 늙은 시앗 신세

소금 우물 안에 없는 소금처럼
내 안쪽 비어있는 우물처럼
여자의 옆구리에 다 자란 고드름이 운다
숨죽인 햇발처럼 운다

* 티베트 옌징의 소금 계곡.

꺼라의 여인, 야크

저 여인은 헤어지는 중이다
새까만 시스루 엉덩이에 두르고
티벳 망캉현 꺼라촌 사내들 노래를 먼지 속에 피워올
리며
난창강 협곡으로 가는 길은
심곡 사이 가물가물하다

맨발로 비칠비칠 수미산 너머 서쪽으로 가는 여인은
헤어지는 중이다
나는 안다
그녀의 전생을
별물 한 모금 달물 한 모금
목축이며 가는
잊힌 왕국의 검은 숨결
7세기 현장법사가 본 황금 왕국의 여인

피로 창칼을 베고 떠나온,
서쪽으로
마나사로바 호수 서쪽으로

카일라스산 넘어간,
네가 궁금한 날
히말라야 그늘 밑 샴발라(Shambhala)에 가면
4월 도화는 안녕할까

천년 바람이 분다
풀을 질겅거리는 너의 눈 속에서
돌 숲은 자꾸 울어도
잘그락잘그락 다글다글 울어도
스커트 자락에 목이 감겨 굴러떨어진 돌멩이
돌아오지 못하는 것처럼
굴러떨어지고 굴러떨어지면, 우리

붉은 인연은 비천하는 거니?

못다 한 생의 물방울처럼
물의 요정 아프사라스처럼

수취인불명*

울지 마라
수평선에 서명한 달은 돌아오지 않는다

애초에 없는 사람이 바람이 된다
나눌수록 더해지는 셈법은 오류
사라진다
비울수록 복사빛 짙어지는 해법
신화는 전복된다
정신 질환을 앓는 장애우가 쏟아지는 밤
장애를 복기한다

축제가 지려 놓은 파장
수억 톤의 물을 오염시키는 한 방울의 번짐
썩지 못하는 비닐처럼, 그녀
착각한다
늑대가 되지 못한 개의 혓바닥이 갈라진다
천 개의 화사가 춤추는 계절

빛은 어둠을 편애한다

흰 개와 검은 개가 엉덩이 붙이고 킹킹거리는 오후
창이 없어 경계도 없어 비린내 자욱한 골목에
검은 꽃이 핀다

공포가 수두룩할수록 라면발 같은 말들이
곤두선다
혼혈은 불구가 아니다
엄마를 갈아 마신 꽃들이 새를 연습한다

울지 마라

* 영화 제목(2001년 제작, 김기덕 감독).

52m, 압축을 풀면 16분음표 햇발이 깔깔대지

여고 시절 유라와 채리 사이에서 너를 돌돌 뭉쳐 놓고 실핏줄 터지도록 질투하면서 끓여 먹고 볶아 먹고 날로 먹다 젖은 눈빛 수프에 비벼도 먹고 딸꾹질에 구멍 내고 마지막 한 가닥까지 혀끝에 사뿐 얹으면, 미안 한 척 미안하지 않으면서 돌아선 너는 난간 위의 모자, 진정 원하는 게 무엇인지 몰라 잡지 못한 눈빛인 걸 알았을 땐 흘러간 강물이야, 새를 꺼내 줄래?

먹고 사는 일보다 사랑 더 바쁜 십 대의 말년, 치열한 트라이앵글 틈에서 너는 전설의 대중가요, 구부러지지 않는 빛줄기, 내가 너를 허밍 하면 휘핑크림보다 달콤한 꽃물 드는 시간

꽃은 지지 않는다는 거지

꼬불꼬불 얽힌 너를 댕기처럼 흔들며 손편지 쓰던 날의 허기, 국물에 말아 후루룩 마셔버린, 나라면 너라면 모를 리 없는 우리들의 이야기

너를 탕진하느라 나를 탕진한 시간이 글썽거리며 감아 올리는 뜨거운 이 키스, 친구끼리라면 더 짜릿해 너랑 나랑 갑장인 거 설마 모를 리야, 그리움 깊어질수록 추억 속에 바글대는 새떼, 꺼내 줄래?

52m, 압축을 풀면 16분음표 햇발이 깔깔대지

진달래꽃

열 손가락 모자라 헤아리지 못합니다
피었다 진 날들,

꽃빛 잊었는지
아니 행복한지
궁금한 그 사람을,

아직도 잊는 중입니다

해설

'수식'과 '뛰는 새'와 '신파'의 틈새가
만드는 놀라운 의미의 연결고리

호 병 탁(시인 · 문학평론가)

1

이우디의 시편들은 한 마디로 '포스트모던post modern'의 글쓰기 전형을 잘 보여주고 있다. 여기에서의 '포스트'는 '이후' 또는 '다음'과 같은 뜻을 가짐과 동시에 '벗어난' 혹은 '넘어선'의 뜻을 갖게 된다. 따라서 '포스트모던'이란 말에는 모더니즘 '이후', 즉 그것을 시간적으로 '계승'한다는 의미와 함께, 모더니즘을 '벗어난', 즉 그것과의 '단절' 내지는 '이탈'이란 의미를 포함하게 된다.

이처럼 '포스트모던'에는 두 가지 의미가 있고 이에 따라 이론가들의 입장도 크게 두 유형으로 나누어진다. 하나는 이를 단지 모더니즘의 후기 현상이거나 한층 발전시킨 형태로 파악한다. 또 다른 유형은 이를 모더니즘과의 의식적 단절 혹은 비판적 반작용으로 파악하는 입장이다. 이에 따르면 포스트모더니즘은 모더니즘과는 변별적으로 구분되는 새로운 예술사조이다. 이 경우 이는 '탈

脫모더니즘'이나 '반反모더니즘'의 속성을 갖게 마련이다.

내가 이우디의 글이 포스트모던의 전형을 잘 보여준다고 한 말은 위의 두 유형 중 한쪽에 비중을 둔 말도 아니고 그런 입장에서 작품을 읽어내겠다는 의도를 지닌 말도 아니다. 단순히 '연속' 혹은 '단절'이라는 관점에서 양자를 구분한다는 것은 무리다. 독서를 진행하며 다시 논의가 될 것이지만 양자는 계승·발전적 관계와 대립·적대적 관계를 모두 가지고 있다. 따라서 '이것이냐 저것이냐' 보다는 '양자 모두'라는 관점에서 작품이 분석되어야 할 것이다. 동시에 이우디 작품들에 나타나는 양자의 특성도 구분해 설명되어야 할 것이다.

골치 아픈 이론 얘기가 길어지는 감이 있다. 작품을 읽어가며 논의를 계속하기로 하자.

수식은 잊어요
날개는 반성 없이 퇴화하고 발로 뛰는 새는 신 버전
나는 요리사죠
슬픔의 미각에 길들여진 혀 짧은 새
냄새에 취해 길어지는 코도 잊어요
풀들이 햇빛 쪽으로 키가 크는 것처럼
그건 원칙이니까요
한계 너무 분명한 젊음 따위 버렸다고 믿지만
쿡쿡, 그럴 리가요
세상에, 갈수록 신파도 그런 신파 본 적 없지만
모든 게 너무 늦은 거 알지만

하지만 뭐, 어때요
사랑이 있는 쪽으로 코가 마구 자란대도
그게 뭐 어때서요
나는 아직 누구나를 사랑해요
제발, 이란 파도는 이미 서쪽으로 간지 몇몇 해
새벽처럼 영롱한 모모
떠날까요? 그래요 떠날래요
까짓, 놓지 못할 건 없어요

손아귀 아귀아귀 붉더니 칫, 그믐 달빛에 홀려서는
손바닥 골목 어귀 가로등 별빛 복사하는
혀는 짧고 코는 긴 음이월
밖을 향한 손가락은 외로워요

－「음이월」 전문

　작품은 "수식은 잊어요"라는 문장으로 문을 연다. 이 시집 제목이 바로 이 문장에서 견인될 정도의 중요한 의미를 담고 있을 것으로 생각되는 첫 연, 첫 행이다. 일반적으로 수식은 '겉모양을 꾸미는 것'으로 인식된다. 그렇다면 이는 진실적 실체와는 거리가 있는 말이며 따라서 잊어야 할만도 하다고 수긍하면서도 독자들은 왜 그래야만 하는지 시인의 개연적 설명을 기대하며 다음 행으로 시선을 돌린다.

　느닷없이 "날개는 반성 없이 퇴화하고 발로 뛰는 새"가 등장한다. 혹 '닭'을 말하는 건가? 그런데 날개가 퇴

화하고 발로 뛰는 이 새를 "신버전"이라고 말한다. 새에
도 새로운 '버전'이 있는 것인가 의아해하며 어떤 단서라
도 찾기 위해 다음 행을 본다. 화자는 "나는 요리사"라고
갑자기 자신을 소개한다. 화자는 '닭 요리'라도 하겠다는
것인가? 궁금해하며 다음을 보니 다시 새에 대한 설명이
다. 그 새는 "미각에 길들여진 혀 짧은 새"다. 또한 "냄
새에 취해 길어지는 코"가 있는 새이기도 하다. '요리사'
와 '미각'과 '냄새'의 연관성을 생각해본다. 요리된 음식
은 당연히 좋은 맛과 냄새가 있어야 하고 따라서 이들
세 어휘는 서로 관련이 있는 것도 같다. 그런데 화자는
이들을 잊자고 한다. "코도 잊어요"에서의 '도'는 혀도 코
도 다 잊자는 말이다. 그리고 그 이유는 "풀들이 햇빛 쪽
으로 키가 크는 것처럼/ 그건 원칙"이기 때문이라고 설
명한다. 맞다. 향일성의 풀이 햇빛 쪽으로 크는 것은 당
연하다. 그것은 자연의 '원칙'이기도 하다. 그런데 이 원
칙이 혀 짧고 코가 긴, 발로 뛰는 새와 무슨 관련을 갖는
가. 또한, 이 새는 언어학적 용어인 '수식'과는 도대체 어
떤 연관을 갖게 되는 것인가. 그리고 왜 이들은 모두 잊
혀야 하는가.

2

　작품의 초반부를 읽고 있는데도 우리는 각 행 사이의

유기적 객관성에 많은 의문을 갖게 되고 독해에 어려움을 느끼게 된다. 작품의 다음 부분을 읽기 위해서는 우리는 이제 독서의 '관점'을 바꿔야 할 필요성을 감지한다.

'사실주의realism'는 거울이 사물을 비추어 내듯 자연 또는 인간의 삶을 있는 그대로 객관적으로 모방하거나 반영하는 것을 가장 중요한 예술적 목표로 삼는다. 모든 문학 전통과 이론 가운데 리얼리즘만큼 생명력이 강한 것은 없다. 사라졌는가 하면 어느덧 불사조처럼 잿더미를 헤치고 다시 부활한다. 어찌 보면 모든 예술은 어느 정도 리얼리즘의 '재현'적 속성을 가지고 있다고 해도 과언이 아닐 것이다. 그러나 모더니즘 이후에 이르러서는 리얼리즘의 재현성은 배제되고 있는 것 또한 사실이다. 이들의 관점에서 보면 삶의 실재는 고정불변한 것이 아니다. 따라서 그것을 객관적·논리적으로 재현한다는 것은 불가능한 일이다. 이런 관점에 따라 종래의 시공간에 대한 전통적 사고는 버려진다. 시인은 작품 구성에 있어서 논리적 일관성이나 유기적 통일성을 배제한다. 대신 자신의 의식 내면에 흐르는 감각, 감정, 기억, 연상, 인상을 '내적 독백'과 같은 방법으로 표출한다. '자기 반영성'이다. 즉 자신만의 내부의식의 '위상과 특성'을 주시하며 이것들을 의도적으로 작품 안에 반영시키는 것이다. 다시 말하자면 외부 세계를 향해 들고 있는 거울을 향해 포스트모던 작가는 또 다른 자신만의 거울을 들고 있다고 할 수 있다. 의식은 고정되지 않고 끊임없이 유동하고 중첩된다. 이런 경우 무질서한 '의식의 흐름'이 파편적으로 표출되게 된다. 리얼리즘의 사실적 재현과는 거리가 멀어질 수밖에 없다. 위 작품이 바로 그러하다.

"풀들이 햇빛 쪽으로" 크는 원칙을 말하던 화자는 갑자기 "한계 너무 분명한 젊음 따위"는 버렸다고 한다. 그러나 이 말도 "그럴 리가요"라고 부정하며 "쿡쿡" 참던 웃음을 터뜨린다. 그나마 그 젊음이란 것도 가버려 "모든 게 너무 늦은 거 알지만", 그럼에도 자신은 "아직 누구나 사랑"할 수 있으니 "그게 뭐" 어떠냐고 반문하며 스스로를 위무한다. 그리고 "떠날까요?" 묻고 이어 '떠나자'고 자문자답의 독백 같은 발화를 이어간다.

여기까지가 작품의 첫 연이다. 우리는 논리가 배제된 작품 진행으로 인해 초입부터 독해에 어려움을 겪었다. 그러나 언급한 바와 같이 시인이 '반리얼리즘'과 '자기 반영적' 글쓰기 스타일을 보여주고 있음을 알게 되었고 이에 따라 독서 방식의 관점도 변화되어야 함을 알게 되었다. 내쳐 둘째 연이자 마지막 연을 읽고 새로운 시각으로 작품을 분석해보자.

시인은 놀랍게도 앞 연의 "발로 뛰는 새", 즉 "혀는 짧고 코는 긴" 새를 이 시제 '음이월'과 동격으로 만들고 있다. 또한, 그 음이월은 "그믐 달빛에 홀려" "골목 어귀 가로등 별빛"을 반사하는 것이라고 말한다. 그리고 그것의 "밖을 향한 손가락은" 외롭다고 노래하며 시 전체의 매듭을 묶는다. 이 연에서 '새'와 '음이월'이 동격의 가치를 가지며 결합되는 것은 정말 파격적인 상상력이 아닌가 싶다.

여기서 우리는 작품 전체가 포스트모던의 글쓰기 전형이 나타나고 있음을 다시 한번 절감하게 된다. 자연과 삶의 모습을 사실적으로 그려내는 리얼리즘의 재현성과 논리성은 배제된다. 대신 의식 내면에서 기인하는 여러 감정의 단편들이 독백처럼 표출된다. 이런 사조는 모더니즘부터 시작되었다. 따라서 이런 글쓰기 양상은 이 글 초입에서 언급한 것처럼 모더니즘의 계승이자 발전이라고 볼 수 있다.

3

내가 많은 지면을 할애하며 「음이월」이란 작품 하나를 물고 늘어지는 이유가 있다. 바로 이 시에서 그 제목을 견인한 시집 『수식은 잊어요』에 담긴 작품들은 전체적으로 내면 의식의 토로 방식이나 그 표현방법에 균질성을 보이고 있다. 독특하고 낯설게 다가오는 시편들을 보며 이 작품, 저 작품을 집적거릴 일이 아니라는 생각이 들었다. 이 작품 하나라도 제대로 읽어내야 다른 작품들의 독해에도 결정적인 빛을 줄 수 있다는 강박감이 들 정도였다.

시인이 작품 초입에서부터 견인하고 있는 어휘들, 즉

수식, 날개, 반성, 퇴화, 새, 버전 등은 구체적이고 사전적 정의로도 명확히 풀이된다. 어법도 정확하다. 그럼에도 개연적 연결고리가 상실된 어휘들은 이해의 길을 막고 있다. 첫눈으로 보아도 나열된 어휘들은 짙은 암시성의 냄새만 풍기는 '심상'으로만 기능하고 있을 뿐이다.

그런데도 나는 이우디 시의 가장 큰 특징이자 장처는 바로 이런 심상들의 집합이라고 본다. 이우디의 심상은 독특하고 강력하다. '나는 새'가 아니고 "뛰는 새"다. 음이월은 "혀는 짧고 코는 긴" 계절이다. 또한, 참던 웃음을 터뜨리는 소리 "쿡쿡"이나 못마땅할 때나 아니꼬울 때 내는 "칫"과 같은 시늉말, 별것도 아니라는 의미로 무엇을 포기하거나 용기를 낼 때 쓰는 "까짓", 음식을 욕심껏 입에 넣고 씹는 형용의 "아귀아귀"와 같은 말 역시 모두 심상의 효과를 극대화시킨다.

그러나 이런 감각적 심상에도 불구하고 시는 쉽게 독해되기를 거부한다. 이는 시인이 객관적 언어의 연결에 따른 '의미의 창출'을 목적으로 하는 것이 아니라 심상을 파편처럼 나열함으로 어떤 '상징의 창출'을 목적으로 글을 쓰는데 기인하는 데 있다. 그런데 이 상징은 어떤 명확한 의미가 있는 것은 아니지만 독자들이 나름대로 해석할 수 있는 일종의 '틈새'를 남긴다. 독자들은 나열된 서로 다른 이미지를 스스로 심리적 연결을 하고 결합해야 한다. 그리고 그 과정에서 이 틈새를 찾아내야 하는 것이다.

말이나 글을 보다 아름답고 효과적으로 표현하기 위해 꾸미는 말이 '수식어'다. 그렇다면 수식은 '꾸미는 것'을 함의하고 이는 결국 순수한 실재와는 거리가 있다고 볼 수 있다. 화자는 "신버전"의 새를 언급하며 이를 "날개는 반성 없이 퇴화하고 발로 뛰는 새"라고 말한다. 여기에서 버전은 '변형' 혹은 '이형'을 의미한다. 그렇다면 '발로 뛰는 새'는 원래의 새가 '반성도 없이' 변형된 신판新版이 되는 것이다. 이 역시 진실적 사실과는 거리가 있는 것이고 따라서 잊고 버려야 할 대상이다. 갑자기 우리는 '수식'과 새의 '신버전'이 그 함의가 공유될 수 있는 틈새를 발견한다.

화자는 이어 이 신 버전의 새를 '혀는 짧고 코는 길어지는' 새로 묘사한다. 그리고 "신파도 그런 신파 본 적"이 없다고 단언한다. '신파'는 신파극의 준말로 일본의 것이 들어와 조선의 멜로드라마로 변형된 것이다. 우연한 사건 전개, 과도한 정서 분출, 선악의 이분법 등을 제재로 한 소위 '이수일과 심순애'와 같이 울고 짜는 통속극이다. 따라서 '신파'라고 하면 다소 '경멸적인 의미'가 담긴 말로 사용된다. 이제 우리는 '신파'라는 어휘 또한 '수식'과 '신버전'과 함께 화자 말대로 '잊어야'할 대상으로 서로 의미의 연결고리를 가지고 있음을 간파하게 된다.

화자는 자신의 '젊음도 한계'가 있고 이 모든 걸 놓기엔 "너무 늦은 거 알지만", 그러나 또한 아직도 누군가를 사랑"할 수 있음을 알고 있다. 그래서 그 사랑하는 '모모', 즉 '누구누구'와 함께 떠날 수도 있다고 스스로를 격려하고 있다. 화자는 가식 없는 인간의 순수한 열정과 본능을 노래하고 있는 것이다.

그럼에도 화자의 현재는 '음이월'에 위치하고 있다. 춘분과 경칩이 있는 이 달은 봄이 시작되는 달이지만 아직 '꽃피는 춘삼월'은 아니다. 겨울 끝자락의 매서운 바람이 여전히 우리를 웅크리게 하는 달이다. 화자에게 음이월의 볕은 겨우 "골목 어귀 가로등 별빛 복사하는" 정도로만 느껴진다. 따라서 화자에게 겨울과 봄 사이에 껴있는 불완전한 이 달은 앞 연에서 '새'를 지칭했던 "혀는 짧고 코는 긴" 달이 되고 또한 "밖을 향한 손가락", 즉 '봄을 향한 기다림'으로 외로운 달이 되기도 하는 것이다.

이제 동떨어진 의미로 낯설게만 다가오던 파편과 같은 언어들은 서로 함의가 공유될 수 있는 틈새를 만들고 있고 우리는 이를 찾아 읽어내게 되었다.

시인은 걱정하지 마시라. 음이월이 지나면 절로 춘삼월이다. 머지않아 꽃그늘에서 순수한 열정으로 사랑을 노래하고 있을 것이다.

4

〈시인의 말〉에서 시인은 자신이 "당신의 강력한 블랙홀에서" 시를 쓴다고 말한다. 이어 "차마/ 버리지 못한/

나"를 쓰는데 그 "나는/ 또 /나를 착각하며" 쓴다고 말한다. 이게 전부다. '블랙홀'은 외부에서 오는 빛과 물질을 흡수하고 자체의 빛은 내보내지 않는 초고밀도·초중력을 가진 가설적 천체다. 무언가 대단한 결기가 느껴진다. 그러나 '나를 버리지 못한 나'를 쓰고 그것도 '나를 착각하는 나'를 쓴다고 겸양의 모습을 보이고 있다. '모든 걸 빨아드리는 블랙홀'과 '차마 버리지 못하는 나'는 대단한 대척의 파격으로 시인의 글쓰기 스타일을 반영하고 있는 것 같다. 그러나 '착각하고 쓴다는 것'은 사실이 아닐 것이다. 깊은 사유와 면밀한 의도와 기획 안에서 글을 쓰고 있다고 생각된다.

이제 다음 작품을 보며 시인의 그런 글쓰기 실제와 이론을 구체화 해보자.

'그리운 내 님이여 그리운 내 님이여'
고장난 후렴구가 병실 창문 넘어가면
새를 품은 허공은 종종 금이 갔다
새들의 눈물 받아먹은 구름
북쪽으로 흐르다 신호등에 걸리고
노래인지 신음인지 흐늑흐늑
창밖, 은행나무 흔들면
부러진 화살 같은 햇살 속에서
죽은 물고기가 떠오르기도 하였다
병원 뒤뜰에 납작납작 주저앉은 우울한 가락
민들레처럼 채송화처럼

봄, 여름 다 보내고도 시들 줄을 몰랐다
계단에 걸터앉은 앉은뱅이처럼
일어설 줄 모르는 마른 뼈들이
연주하는 두만강,
침묵하는 먼 강바닥으로
아버지 자꾸 미끄러지셨다
님에게, 로 가시는 환승역에서 잠시
젖은 몸 말리는 뱀처럼 마르고 마르다가
푸석푸석 입김만 날리다가
더는 남길 게 없다는 듯
거품만 게우다가,
음의 파도 저어가는 파두처럼
낡은 의자에 앉아 듣던 높낮이 한결같아서
은행잎 떨구는 가을이 시들었을 뿐
그 강은 마르지 않았다

― 「파두」 전문

시의 첫 행 "그리운 내 님이여 그리운 내 님이여"는 주지하는 바와 같이 민족의 애창곡 〈눈물 젖은 두만강〉의 한 소절이다. 독립운동에 참가한 남편을 찾아다니던 여인이 어느 날 두만강 강가 용정에서 남편이 이미 사형당했다는 소식을 듣고 머무르던 여관에서 밤새 슬피 울었다. 마침 유랑극단의 작곡가 이시우가 옆방에서 그 울음소리에 잠을 이루지 못하다가 이튿날 사연을 듣고 그 심정을 오선지에 담았다는 애절한 노래다. 지금도 많은 사람이 떠나간 옛 임을, 혹은 이국땅에서 조국을 그리워하며 부르는 노래다.

애절한 서정과 함께 '두만강 푸른 물'을 느끼며 우리의 시선은 다음 행으로 향한다. 그러나 화자는 "고장 난 후렴구가 병실 창문을 넘어"서고 "새를 품은 허공은 종종 금이 갔다"라고 말한다. 벌써 고개가 갸웃해지기 시작한다. '노래의 후렴구'와 '병실창문'과 '금이 간 허공' 간의 이질적 관계 때문이다.

연 가름은 없지만 이 작품은 다섯 단락으로 구분할 수 있다. 동일한 종지형인 '−했다'로 마감되는 다섯 문장으로 구성되어 있기 때문이다. 즉 "허공은 종종 금이 갔다" "물고기가 떠오르기도 하였다" "시들 줄을 몰랐다" "아버지 자꾸 미끄러지셨다" "강은 마르지 않았다"로 끝나는 다섯 단락이다. 각 단락에서 언어의 선線적 일관성은 찾을 수 없고 우리는 이미 독해의 어려움을 감지한다.

이 글에서도 빼어난 심상들이 산견된다. "새들의 눈물 받아먹은 구름" "부러진 화살 같은 햇살" "납작납작 주저앉은 우울한 가락" "일어설 줄 모르는 마른 뼈" "파도 저어가는 파두"와 같이 명사와 앞에서 이를 수식하는 동사가 어울려 만드는 심상들은 아주 낯설지만 신선하다. 그리고 이들 심상들의 집합은 앞서 본 것처럼 서로 함의가 공유될 수 있는 틈새를 만들고 있다.

망국의 한과 민족의 설움을 지닌 이 곡조는 그런 슬픈 정서가 일치되는 때와 장소에서는 언제 어디서나 불릴

수 있다. 물론 '병실의 창'을 넘어갈 수도 있다. 그런 곡조가 넘어간 허공은 '금'이 간 것처럼 보이고 흘러가는 구름도 '눈물'을 머금고 있는 것처럼 보일 수 있다. 몸이 '고장 난' 환자의 노래는 '고장 난 후렴구' 같을 수밖에 없다. "노래인지 신음인지"도 알 수 없다. 그 노래는 멀리 두만강이 있는 "북쪽으로" 향할 것이다. 이런 비애의 감정에서 바라보는 창밖의 햇살은 "부러진 화살"처럼 보이고 둘째 단락에서처럼 노래가 흘러가는 하늘에는 싱싱한 물고기 대신 "죽은 물고기가 떠"가는 것처럼 보이기도 할 것이다. 이렇게 보니 첫째, 둘째 단락의 글에는 내내 두만강의 애절한 정조가 감돌고 있다.

셋째 단락의 첫 행은 "병원 뒤뜰에 납작납작 주저앉은 우울한 가락"으로 시작된다. "병원 뒤뜰"은 앞의 "병실 창문"과 관련된다. 그렇다면 이 작품의 시적 배경은 병원이다. 이 슬픈 곡조는 "우울한 가락"으로 "납작납작 주저"앉아 있다. 바닥에 바짝 엎드리는 형용의 '납작납작'이라는 시늉말이 뒤뜰에 '주저앉은 가락'과 좋은 조화를 이루고 있다. 그런데 이 가락은 계절이 지나도 "시들 줄을" 모른다. 시간이 지나도 사라지지 않고 여전하다는 말이다. 그렇다면 시적 배경에서 슬픈 곡조를 내고 있는 시적 대상은 누구인가.

넷째 단락에 등장하는 "아버지"다. "계단에 걸터앉은 앉은뱅이"도 "일어설 줄 모르는 마른 뼈들"도 아버지를 비유한다. 이 비유들은 병상의 힘없는 아버지를 여실하게 그려내고 있다. 슬픈 곡조는 바로 아버지가 "연주하는 두만강"이었던 것이다. 그런데 아버지는 이제 일어날 기력도 없다. "자꾸 미끄러"져 내려가기만 할 뿐이다. 마치 멀리서 "침묵하는" 두만강의 "강바닥으로" 침잠하는 것처럼.

마지막 단락은 모두가 아버지에 대한 묘사다. 아버지에게 이 세상은 "환승역에서 잠시" 머무는 것에 불과하다. 그는 "젖은 몸 말리는 뱀처럼 마르고 마르다가" 떠나고 말 것이다. 여기에서 '마르다'에는 두 의미가 중첩된다. 즉 '옷이 마르다'처럼 물기가 없어진다는 의미와 '몸이 마르다'처럼 야위어 살이 없는 것을 의미한다. 결국, 아버지는 병상에서 물기도 다 빠지고 야위어가다가 떠나실 것이라는 화자의 안타까운 발화다. 그런데 첫째 의미의 '마르다'는 이 단락 끝에서 "그 강은 마르지 않았다"와 같이 다시 등장하며 작품 전체를 마감하고 있다. 아버지는 떠나시더라도 그의 노래는 두만강 물처럼 결코 사라지지 않을 것임을 강조하고 있는 것이다.

5

「파두」는 위와 같이 독해될 수 있다. 그러나 작품의 마지막 단락에 나타나는 "음의 파도 저어가는 파두"는 좀 더 주시할 필요가 있다. '파도'와 유음이어인 '파두'라는 생소한 어휘가 왜 등장하는가. 둘 사이는 무슨 연결고리를 갖게 되는 것인가. 이 시의 제목이기도 한 '파두波頭'는 쉽게 '물마루'를 뜻한다고 볼 수 있다. 물마루가 파도를 저어간다? 아무래도 연결이 이상하다. 그렇다면 파두에 또 다른 의미가 있는 것인가.

그렇다. '파두fado'는 운명, 숙명의 뜻을 가진 포르투갈의 전통 민요다. 스페인의 지배를 당했던 암울한 역사를 반영하듯 이 곡에는 향수와 동경, 애수 등 포르투갈 민족 특유의 정서가 담겨 있다. 그렇다면 '파두'는 일제 치하에 만들어진 애절한 노래 〈눈물 젖은 두만강〉과 바로 연결되는 공통점이 있다. 둘 다 망국의 한과 민족의 설움이 담겨 있다. 아버지가 부르는 슬픈 "음의 파도"에는 애수 어린 "파두"의 서정이 함께 흐르고 있었던 것이다.

의외의 포르투갈 민요 '파두'라는 어휘의 등장은 이우디 글쓰기의 또 다른 큰 특징을 보여준다. 어떤 텍스트가 다른 텍스트를 인용하거나 변형시켜 서로 관련을 맺는 '상호텍스트성'은 포스트모던의 가장 핵심적인 지배소의 하나다. 흔히 '모자이크'에 비유되기도 하는 이 상호텍스트성은 많은 이우디 작품에서 서로 연계되고 있다.

우선 시제로 견인되기도 하는 수많은 외부 텍스트들이 있다. 고흐의 「화병에 꽂힌 열다섯 송이 해바라기」, 마그리트의 「침실의 철학」, 다 빈치의 「카네이션의 성모」와 같은 명화, 김기덕의 「수취인불명」, 서부극인 「셰인」, 스릴러인 「어둠 속에 벨이 울릴 때」와 같은 영화 제목, 에코의 「장미의 이름」, 앤드류스의 「다락방의 꽃들」과 같은 소설, 라흐마니노프의 「현을 위한 보칼리제」와 같은 명곡 등이 망라되고 있다. 시제로도 이 정도니 본문에는 훨씬 많은 텍스트들이 상호 연계되고 있음은 당연하다.

『인형의 집』의 "노라"(「마지막 한 잎의 형식」)가 등장하고 『젊은 베르테르의 슬픔』의 "로테"(「안개 속에 흔들리는 꽃」)도 등장한다. 동요 〈날아라 슈퍼보드〉의 한 구절 "치키 치키 차카차카 초코초코초"(「우리들의 공작 시간」)가 견인되고, 〈나비야〉의 "나비야 나비야 이리 날아 오너라"(「내 사랑은 안녕하다」)도 견인되며 전래민요인 "두껍아 두껍아 헌집 줄게 새집 다오"(「리아스식 해안에서」)도 그대로 인용되고 있다. 이 외에도 부지기수다.

일반적 의미에서의 상호텍스트성은 위와 같이 한 텍스트 안에 다른 텍스트가 인용되거나 언급되는 형태로 나타난다. 그러나 넓은 의미에서의 이 말은 일반문화 전반으로 확대된다. 즉 텍스트 사이에서 일어나는 모든 지식의 총체를 가리킨다. '모든 의미체계는 다양한 의미체계들의 전위傳位의 장'에 불과하다는 말은 이우디의 시편을 정독하다 보면 아주 적절한 것으로 생각된다. 두 가지 예만 들어보자.

"버번bourbon을 마시며 너를 울었고/ 아우스레제Auslese 를 마신 날은 파스텔 톤으로 취했지/ 그리고 오늘, 보드카 스피리터스vodka spirytus로 감정을 태운다네"(「화이트아웃」) 정말 이렇게 마시면 폭설로 천지가 온통 백색이 되어 방향감이 없어지는 상태 'whiteout'이 될 것도 같다. 외에도 "얼음 품은 맥주"(『2막 1장』), "혀 짧은 정종 대신 묵은 이화주"(『내 사랑은 안녕하다』)가 등장하는가 하면 아예 「막걸리꽃」이라는 시제가 등장하기도 한다.

또한 「꽃잎을 펼쳐라」에는 "실거베라 리시안셔스 알스트로메리아 청장미 브르칸테장미 보랏빛 카네이션"이 쉴 새 없이 열거되고 같은 시에는 "알스트로메리아" 같은 꽃 이름도 등장한다. 사람의 입술을 닮았다는 꽃 「사이코트리아 엘라타」는 그대로 시제로 견인되기도 한다. 나 같은 사람은 처음 들어보는 꽃들이 대부분이다. 물론 우리에게 익숙한 "입술 붉은 장미와 꽃결 보드란 패랭이"(『해바라기』) 같은 꽃 이름도 등장한다.

두 가지 예만 들었지만 위에 나타나는 다양한 '술'과 '꽃'이름들은 작품이 외적 문화 전반의 텍스트와도 관련을 갖는 상호텍스트성을 잘 보여주고 있다고 생각된다. 즉 시인은 작품 외부와 내부, 문학텍스트와 비문학텍스트를 망라하여 다양하게 그 의미체계의 연관을 가지는 포스트모던의 상호텍스트성을 보여주고 있는 것이다. 이 점에 추가하여 특히 주목되는 것은 작품과 작품 사이의 상호 관련성이다.

「꺼라의 여인, 야크」에는 "티베트 망캉현 꺼라촌" 사내들이 나온다. 그들은 깊고 험한 "난창강 협곡으로 가는 길"을 오른다. 결코 쉬운 길이 아닐 것이다. 그러나 그들은 "노래를 먼지 속에 피워 올리며" 올라간다. 고단한 삶을 살지만 "4월 도화"가 피는 "히말라야 그늘 밑'에서 평화스럽게 생을 영위한다. 이 작품은 다시 「숙명의 잠귀마다 꽃은 피어」의 "루띵 마을 염정鹽井"과 연계된다. '염정'은 소금기 많은 우물이다. "선물이 고통이기도 한" "소금 계곡"으로 인한 이 우물은 사람들의 "고단한 땀"의 결정인 "눈물"의 샘과 다름없다. 그러나 '숙명'과도 같은 신산함 속에서도 그들은 "잠귀마다 꽃"을 피우며 산다.

그런데 위 두 편의 시는 「에코 오르간」이란 또 다른 작품과 강하게 연계된다. '에코 오르간'이라면 '풍금風琴의 메아리' 정도로 해석된다. 페달을 밟아 '바람'을 넣어야 소리를 내는 풍금은 어떤 메아리를 내는 것인가. 히말라야 아래 "랑탕" 사람들은 "바람이 주인"인 땅에서 "바람의 주민"으로 산다. "이단으로 꺾이는 무릎"으로 어렵게 산다. 그런데도 이 바람의 풍금 속에 사는 사람들이 내는 메아리는 "나마스테"다!

이 말은 히말라야에 사는 사람들이 만나고 헤어질 때 건네는 '안녕'이란 가벼운 인사말이다. 작품은 이 말을 세 번 반복하며 끝이 난다. 그런데 이 말을 제대로 풀이하면 '당신 안에 있는 신에게 경의를 표한다'는 의미가 된다. 모든 우주만물에 신은 존재하는 것이며 따라서 당신과 나에게도 신이 거하고 있다는 사상이 온축된 말이다. 그리하여 이 인사말은 우주와 신이 존재하는 당신에게, 또한 그것이 존재하는 나에게도 감사하는 말이 된다. 모든 어려움 속에서도 이들은 서로의 살아있음에 감사하고 있는 것이다. 위 세 작품은 상호텍스트성이 서로 아름답게 조화를 이루고 있는 경우가 될 것이다.

또 다른 경우를 보자. 「아바나 혁명광장을 애니메이션으로 읽으며」에는 "가슴속에는 불가능한 꿈을 갖자 인간은 꿈의 세계에서 내려온다"는 "체 게바라"의 말이 인용된다. 그런데 이 "혁명의 아이콘"은 다시 「슬픔의 장례의식에 대하여」에서 "혁명의 뒤꿈치"를 무는 "죽어도 죽지 못하는 그대"로 다시 등장하고 있다. 또한, 시집 앞부분의 〈시인의 말〉에서 사용된 "나를 발탁한 당신의 강력한 블랙홀에서 쓴다"라는 문장은 작품 「우리가 이러는 게 아니었는데」의 한 시행으로 그대로 반복되어 인용되고 있음도 볼 수 있다.

6

앞서 인용된 「음이월」에는 "손아귀 아귀아귀"라는 말이 나온다. 손아귀의 '아귀'라는 명사는 뒤에 오는 '아귀아귀'라는 부사와 동음이어다. 이우디는 '동음이어' 혹은 '유음이어'의 활용에 능숙하다. '엄지손가락과 다른 네 손가락과의 사이'가 손아귀지만 주로 '손아귀에 넣다'와 같이 세력이나 통제 범위의 의미로 사용된다. 이 말이 음식을 욕심껏 먹는 형용을 말하는 '아귀아귀'와 결합됨으로 충격적일 정도로 강한 이미지를 창출해내고 있다.

이런 예는 허다하다. "수작秀作이 될 수 없는 수작酬酌"(『우리가 이러는 게 아니었는데』)은 동음이어 지만 앞의 수작은 '뛰어난 작품'을 말하고 뒤의 수작은 남의 말이나 행동을 낮잡아 이르는 말이다. "강아지가 돈다" "피가 돈다 우린 쉽게 돈다"(『바람개비는 아름다움과 슬픔을 혼동하지 않는다』)에서 '돈다'라는 말은 똑같지만 앞의 것은 '중심으로 원을 그리면서 움직이는 것'을, 중간 것은 '순환이 잘 되는 것'을, 끝의 것은 '정신이 이상해지는 것'을 의미한다. 같은 시의 "이별이 보통인 이 별"에서 앞의 '이별'은 헤어지는 것을 말하고 뒤의 '이 별'은 우리가 사는 지구를 말한다.

'파도와 파두'와 같은 유음이어도 마찬가지다. 한 예만 들자면 "사냥하듯 사랑하는 사람의 자정"(『우리가 이러는 게 아니었는데』)에서 '사냥'과 '사랑'과 '사람'은 유사한 발음이지만 뜻은 딴판이다. 시인은 이처럼 음은 같거나 유사하지만 뜻은 전혀 다른 어휘들을 결합함으로 시의 미학적 효과를 한껏 배가시키고 있는 것이다.

여기서 특별히 주목해야 할 점이 있다. 앞의 "아귀아귀"와 같은 어휘는 입에 가득 음식을 처넣고 우물대는 모습으로 보기에도 듣기에도 과히 좋은 느낌의 말은 아니다. 그러나 서민들이 일상에서 쓰는 기층언어임에는 틀림없다. 이우디는 이런 서민·대중언어를 작품에 과감히 수용하고 있다.

"끓여 먹고 볶아 먹고 날로 먹"고 "비벼도 먹"(『52m, 압축을 풀면 16분음표 햇발이 깔깔대지』)는다고 라면 발을 묘사하는 대목이 있다. "상쇠 꽹과리 치듯/ 강냉이 장수 튀밥 튀기듯"(『아바나 혁명광장을 애니메이션으로 읽으며』)이라는 직유도 있다. "돼지 피 항아리에 처박힌 채"(『장미의 이름』)라는 시구도, "흰 개와 검은 개가 엉덩이 붙이고 킹킹거리는 오후"(『수취인불명』)라는 시구도, "허벅지 사이/ 송곳니 박고"(『상강 무렵』)라는 시구도 있다. 민초들의 발화 스타일 그대로다. '꽹과리' '강냉이 장수' '튀밥' '항아리' '엉덩이' '허벅지'와 같은 말은 얼마나 투박하며 정감 있는 모국어들인가.

이우디는 이런 토착어는 물론 인간의 정감을 직선적으로 드러내는 언어에도 거침이 없다. "널브러진 몸" "씨를 받느라 분주한 내 몸" "아랫배가 뜨거운 당신"(『처서』)과 같은 몸에 관한 언어도, 같은 시의 "똥내 출렁대는 세상" "창녀의 입술"과 같이 과감한 언어도 서슴없이 동원된다. 더 나아가 "분홍 속살 움찔대자" "손이 자꾸 밑으로 간다던"(『고등어 연가』), "마른 샘에 구멍 내고 킬킬대는 혓바닥"(『스포일러』) "탱탱 불은 젖" "젖몸살 앓던 엄마 신음소리" "밤꽃 냄새"(『침실의 철학』)처럼 관능적 냄새가 물씬 나는 언어들도 직접성과 구체성을 구현하며 신체감각에 그대로 육박해온다.

'현대의 고전'이 되어버린 모더니즘은 고답적이고 엘리트주의적 특성을 가진다. 포스트모더니즘의 개념이 처음 구체화되기 시작한 것은 바로 대중문화와의 밀접

한 관련성이다. 둘 사이가 구별되는 중요한 차이점은 고급문화와 저급문화, 엘리트문화와 대중문화의 높다란 장벽이 무너져버렸다는 데에 있다. 이 새로운 사고는 무엇보다도 '탈중심'과 '탈경계'의 성격을 지닌다. 이우디는 바로 위와 같이 민중적이고 질박한 언어군을 통하여, 경계를 부수고 중심에서 벗어나려 하는 강한 몸짓을 보이고 있다. 바로 모더니즘과의 의식적 단절 내지 반작용의 속성을 정확히 보여주고 있는 것이다.

글 맨 앞에서 언급한 대로 시인의 글쓰기에서 모더니즘의 계승·발전적 관계와 단절·대립적 관계의 경우를 이에 합당한 분석틀로 차례로 살펴보고자 하였다. 물론 이우디의 글은 클릭 한 방이면 어디에도 접속되어 자유롭고 유동적인 가지치기가 가능한 '하이퍼hyper시'로도 설명될 수 있다. 또한 뿌리, 줄기, 가지 순으로 질서정연한 '수목樹木'에 대비되는 '땅속줄기식물', 즉 땅속에서 땅속을 향하는 '리좀rhizome'적 사유로도 설명될 수 있다. 둘 다 체계적이고 위계적인 구조가 아니다. 비선형성의 새로운 맥락을 제공한다. 포스트모던의 전형이라 아니할 수 없다.

어려웠지만 유익한 독서였다. 건필이 계속되기를 기대한다.